ふみ／藤田かずえ（神奈川県 42歳）
手紙「ふるさとへの想い」（平成11年）入賞作品
え／中西　洋子（愛媛県 60歳）
「ゆうやけとわらぐろ」第9回（平成15年）入賞作品

列車の車窓から
ふるさとの風が
吹いてきました。
目をとじて
母と
会ってきました。

ふみ・藤田かずえ
え・中西洋子

お母さん
僕達のこと
何もかも
わかっているつもりでは……

ありませんか。

文・河村貴紀
絵・松岡叔子

ふみ／河村　貴紀（福井県 12歳）
「家族」への手紙（平成6年）入賞作品
え／松岡　叔子（愛媛県 41歳）
（無題）第6回（平成12年）応募作品

娘へ……

「死んでくれ」

と、何度お腹をたたいたことか……

来年は一年生になるんだね。

文・北井恵子
絵・川嶋明香

ふみ／北井　恵子（山梨県　37歳）
「家族」への手紙（平成6年）入賞作品

え／川嶋　明香（宮城県　21歳）
「満開」第12回（平成18年）応募作品

おかあさん
くすりのんだよ。
じっとしてるから
おみやげいらんから

はやく
かえってきて。

ふみ・上杉彩(5歳)
え・加藤久美子

ふみ／上杉　彩（愛媛県 5歳）
「家族」への手紙（平成6年）入賞作品
え／加藤久美子（千葉県 39歳）
「ねこむわけにはいきません」第7回（平成13年）入賞作品

結婚しようと思っています。
そろそろ親父の
女に戻って下さい。

文・川上正博
絵・由藤明

ふみ／川上　正博（千葉県 29歳）
「母」への手紙（平成5年）入賞作品
え／由藤　明（愛媛県）
「父さん母さんは結婚60何年になるのかなー」
第12回（平成18年）応募作品

荷物届きました。
でも「パンツ」とは「ズボン」の事ですよ。

ガマンします。

文・佐々木司
絵・西原啓子

ふみ／**佐々木　司**（神奈川県 28歳）
「母」への手紙（平成5年）入賞作品
え／**西原　啓子**（埼玉県 36歳）
「がんばります」第9回（平成15年）応募作品

ふみ／森本八重子（広島県 47歳）
「母」への手紙（平成5年）入賞作品
え／沼田　博美（愛媛県 72歳）
「人生物語」第11回（平成17年）応募作品

原爆《げんばく》で
家を失い
父のふるさとで
農婦として
一生を終えた
母さん……
あなたは
幸《しあわ》せでしたか……

文・森本八重子
絵・沼田博美

セーター
編めたので送ります。
素敵な
ピンクでしょう。
車椅子でも
颯爽としていてね。

文・四方允子
絵・小野秀明

ふみ／四方　允子（京都府 62歳）
「母」への手紙（平成5年）入賞作品
え／小野　秀明（岡山県 36歳）
「ぽっ」第11回（平成17年）応募作品

日本一小さな物語

母との往復書簡

〈増補改訂版〉

本書は、平成十五年度の第一回「新一筆啓上賞―日本一小さな物語　母との往復書簡」（財団法人丸岡町文化振興事業団主催、日本郵政公社・住友グループ広報委員会後援）の入賞作品を中心にまとめたものである。

同賞には、平成十五年六月一日～九月十五日の期間内に一万五七三二通の応募があった。平成十六年一月二十七日に最終選考が行われ、大賞五篇、秀作一〇篇、住友賞二〇篇、丸岡青年会議所賞五篇、佳作一〇〇篇が選ばれた。同賞の選考委員は、小室等、佐々木幹郎、中島敬二、中山千夏、西ゆうじの諸氏であった。

本書に掲載した年齢・職業・都道府県名は応募時のものである。
※なお、初版以降「株式会社文藝春秋」から刊行されたものを、このたび版権を譲渡していただき、口絵の8作品「日本一短い手紙とかまぼこ板の絵の物語」を加えるとともに再編集し、増補改訂版とした。コラボ作品は一部テーマとは異なる作品を使用している。

目次

入賞作品

大賞・秀作・住友賞・丸岡青年会議所賞

「子から母へ」

お母《かあ》さんへ
私《わたし》はしばらく家出《いえで》をします。
さがさないで下《くだ》さい。

「母から子へ」

いってらっしゃい。
晩《ばん》ご飯《はん》までには帰《かえ》ってくるのよ。
今日《きょう》はハンバーグだからね。

小学校四年生の女の子が母にひどく怒られ、おき手紙をしていきました。母は娘の家出を相手にせず隣に住んでる仲良しの智子ちゃんに行っただろうとお見通しだったので、智子ちゃん家に手紙を送った。

大賞
［日本郵政公社総裁賞］
常住 弥加
東京都 15歳 中学3年

「子から母へ」

ねぇ母《かあ》さん、いつも弁当《べんとう》ありがとう。
おかげで部活時《ぶかつどき》、絶好調《ぜっこうちょう》です。

「母から子へ」

ありがとう。
でもよくインスタント食品《しょくひん》で
絶好調《ぜっこうちょう》になるわね。

大賞
［日本郵政公社総裁賞］
武田　純樹
東京都　16歳　高校1年

「子から母へ」

てぎのたまとんでこネがら、
まだよんでる。
なんどもよんで、
じがけエてしまた。

「母から子へ」

がっこさえってなェがら、
かぐごどわがんなェ。
いぎでかえってこいよ。

大賞
［日本郵政公社総裁賞］
長倉　良美
神奈川県　83歳

五年五か月の軍隊生活。たった一度だけ母から手紙が戦地に届いた。学校にも満足に行けなかった母のかな混じりの手紙だった。何度も読んでいるうちに文字も所々消えてしまった。しかし、今でも全文が心に焼き付いている。戦地へ出発の前日、添い寝の母の温もりと共に心に残っている。

「子から母へ」

お母《かあ》さん、いつもお仕事《しごと》ごくろうさま。
つかれていても、がんばってください。

「母から子へ」

むぎゅーってだっこして、
いい子《こ》いい子《こ》して
「えらかったね。」って言《い》ってくれる？

大賞
〔日本郵政公社総裁賞〕
戸澤　亮守
福井県　9歳　小学校3年

本当は親が子にしてあげることですが、つかれたーと思ったとき、してもらうと元気がでます。
お母さんだって、ほめてもらいたいですよね。（母）

「母から子へ」

もう帰《かえ》ってこんでいいわ。
どこへでも行《い》ってくれ。　じゃさよなら

「子から母へ」

帰《かえ》りが遅《おそ》いと送《おく》ってくるそのメール、マジやめて!! かなり恐《こわ》いです。

大賞
［日本郵政公社総裁賞］
石正 篤司
大阪府 18歳 高校3年

母から先に送られた手紙です。毎日のメールなんですが11時を過ぎたらこんなメールを送ってくるのでほんとに恐いし、帰りづらいです!!最後に句点もありません。

「子から母へ」

いちいちムカつくんだよ。
ちょっと黙《だま》ってられないの？
何《なに》も言《い》わなくていいよ。

「母から子へ」

だって口《くち》をきかなかったら、
「無視《むし》かよ」なんて言《い》って
怒《おこ》るじゃないの。

秀作
［日本郵政公社北陸支社長賞］
高井 俊宏
栃木県 14歳 中学校2年

「子から母へ」

おかん、しゃべるのは構《かま》わないけど、
たまには一歩《いっぽ》ひいてほしいな……。

「母から子へ」

不自由《ふじゆう》な体《からだ》で頑張《がんば》る幸恵《さちえ》を、
みんなに自慢《じまん》したい、
一歩《いっぽ》ひけない母《はは》より。

秀作
［日本郵政公社北陸支社長賞］
島　幸恵
東京都　17歳　養護学校3年

「子から母へ」

父《とう》さんの死後《しご》、
初《はじ》めて聞《き》いた五十三年間《ごじゅうさんねんかん》の苦労《くろう》。
知《し》ってたら結婚《けっこん》しなかったのにね。

「母から子へ」

ほろっとくるような手紙《てがみ》書《か》く人《ひと》でね。
あんなの貰《もら》ったら
誰《だれ》だって結婚《けっこん》しますよ。

秀作
［日本郵政公社北陸支社長賞］
一坂　志保子
東京都　51歳　主婦

「子から母へ」

ぼくは、カラスの生《う》まれ変《か》わりかも。
いつも、母《かあ》、母《かあ》、母《かあ》さんって泣《な》くから。

「母から子へ」

お母《かあ》さんも、サイの生《う》まれ変《か》わりよ。
しなさい、やりなさいって、
うるさいでしょ。

秀作
［日本郵政公社北陸支社長賞］
宮川　力也
福井県　10歳　小学校4年

「子から母へ」

母《かあ》さん、僕《ぼく》の部屋《へや》をかってに掃除《そうじ》せんといて。
見《み》られたくない物《もの》もあるしさ。

「母から子へ」

子《こ》よ、母《はは》はお前《まえ》の部屋《へや》が汚《きたな》くなるのを
ほっとけない。見《み》たい物《もの》もあるし。

秀作
［日本郵政公社北陸支社長賞］
木佐貫 剛
福井県 17歳 高校3年

「子から母へ」

てがみなんてかかね〜
ぜったいかかね〜
おれはしんでもかかね〜ぞ〜

「母から子へ」

手紙《てがみ》なんかもらわんでも、
アンタの言《い》いたいことくらい
分《わ》かっとるわ〜!!

秀作
［日本郵政公社北陸支社長賞］
山下　真司
兵庫県　16歳　高校2年

「子から母へ」

人生《じんせい》　いろいろ　けんかもするけど
そういうのが　家族《かぞく》っていうもんだね

「母から子へ」

なんやねん　そんなに悟《さと》るな　小学生《しょうがくせい》
いつでも〝だっこ〟してやるぞ。

秀作
［日本郵政公社北陸支社長賞］
沢野　友美
兵庫県　39歳　主婦

よく似ている娘とは、よくケンカもします。最近、どこで覚えたのか
人生いろいろ　が好きな言葉らしく、友だちとのアドレス交換にも書いている様子。
思春期にはいるのか、ぶつかる事がふえてきました。

「子から母へ」

お母《かあ》さんがお星《ほし》さまになった時《とき》
私《わたし》は幼稚園児《ようちえんじ》、
もうすぐ身長《しんちょう》が追《お》いつきます。

「母から子へ」

がんばってるねと抱《だ》きしめて
あげたいけど ごめんね
でもいつもいつも見《み》てるよ （父代筆《ちちだいひつ》）

秀作
［日本郵政公社北陸支社長賞］
竹田 麻未
愛媛県 13歳 中学校1年

「子から母へ」

母《かあ》さん、相撲《すもう》大会《たいかい》があるよ、

まわしが取《と》れたらどこ隠《かく》せばいいかなあー

教《おし》えてよ。

「母から子へ」

圭《けい》ちゃん、「それは、顔《かお》を隠《かく》すに決《き》まっているじゃないの、下《した》は皆同《みなおな》じ、じゃけんね。」

秀作
［日本郵政公社北陸支社長賞］
今永　恵子
大分県　56歳　学校事務職員

私の子どもが小学生の頃、相撲大会が盛大におこなわれていました。近所の子どもさんが、きんちょうした顔つきでいった会話が今でもおかしくおもい出されましたので。

「子から母へ」

母《かあ》さんに、ぶたれてちょっとだけ血《ち》がでた。
あたしじゃなくて、母《かあ》さんが泣《な》いた。

「母から子へ」

そんな事《こと》あったっけ？
ああ、そういえばあったね、
なんかあるね、ははは……。

秀作
［日本郵政公社北陸支社長賞］
渡邉　加奈子
沖縄県　25歳

手紙……でもありますが、右は短歌です。左は母からの返答ですが、笑いとばしてくれる様な母で良かったと、今では思います。

「子から母へ」

三月《さんがつ》から十年《じゅうねん》ぶりに家《いえ》で暮《く》らします。

長男《ちょうなん》として、働《はたら》き手《て》になることもできずに。

「母から子へ」

何《なに》もしてあげるつもりはありませんよ。
八歳《はっさい》の頃《ころ》とは違《ちが》うんですから。

住友賞
鈴木 隼人
青森県 17歳
養護学校高等部2年

八歳の頃から養護学校の施設で暮らしていましたが、来春高等部を卒業し、家に帰ることになりました。長男として、働き手になることもできず。

「子から母へ」

雨《あめ》がふったらね

葉《は》っぱがピカピカ笑《わら》ったよ。

学校《がっこう》までの道《みち》がよろこんでいたよ。

「母から子へ」

おなべをみがくと鏡《かがみ》みたいに光《ひか》って
ママが映《うつ》るよ。
しみだらけって笑《わら》われてるみたい。

住友賞
舟橋　優香
茨城県　９歳　小学校４年

子供の頃の感性って持ちつづけられたら、どんなにステキだろうと思います。
帰ってくるたびに、ニコニコと話してくれる娘の瞳もピカピカ笑ってました。

「母から子へ」

私《わたし》のお腹《なか》の中《なか》に居《い》た時《とき》、
階段《かいだん》で転《ころ》んだせいなのかね。
お前《まえ》の成績《せいせき》が悪《わる》いのは。

「子から母へ」

母《かあ》ちゃん、安心《あんしん》して。
打《う》ち所《どころ》が良《よ》かったんで
小学校《しょうがっこう》を卒業《そつぎょう》する時《とき》は全優《ぜんゆう》だったよ。

住友賞
薄木　博夫
茨城県　72歳

母親は小学校二、三年の頃、十段階評価で通信簿の数字に、七と八が並んだ。毎学期、通信簿を貰って帰ると、母親は口癖の様に、この科白をつぶやくのでした。その母も戦後、間もなく旅立ちました。

「子から母へ」

送《おく》り盆手打《ぼんてうち》のうどんに
巾《はば》(帯《おび》)広麺《ひろめん》を作《つく》ったよ
兄《にい》ちゃんに「オンブ」して貰《もら》うといいよ

「母から子へ」

帯《おび》作《つく》ってくれたの、でもあの子《こ》
背嚢《はいのう》があっても大丈夫《だいじょうぶ》かな

住友賞
関口　華枝
群馬県　79歳

兄は終戦の年に比島で戦死しました。
盆で仏様が帰る時、この帯で若い者が年寄をオンブして行くのだそうです。

「子から母へ」

いい加減《かげん》、
人《ひと》によって声《こえ》変《か》えるくせはやめて下《くだ》さい……。

「母から子へ」

スルドイ！　貴男《あなた》に、恐《こわ》い声《こえ》は、
もう通用《つうよう》しないということですね。

住友賞
竹田　幸秀
東京都　13歳　中学校2年

「子から母へ」

母《かあ》ちゃん、迎《むか》えは早《はや》すぎるよ。
俺《おれ》、まだ還暦前《かんれきまえ》だよ。もう絶対《ぜったい》に来《く》るなよ。

「母から子へ」

親不孝者《おやふこうもの》のお前《まえ》なんか
なんで迎《むか》えに行《い》くもんか。
死《し》んでも来《く》るな。

住友賞
岸田 鉄也
東京都 54歳 自由業

昨春、心筋こうそくで倒れた。しかし、何とか一命をとりとめたが手足に不自由が残る。母の助けだと感謝してリハビリに励んでいる。

「子から母へ」

母《かあ》さんごめん、この生活《せいかつ》にピリオドを打《う》ち、家《いえ》に帰《かえ》りたい。少《すこ》し休《やす》ませて、お願《ねが》い！

「母から子へ」

老木《ろうぼく》だけど、まだ止《と》まり木《ぎ》になれそう。
暫《しば》らく羽《はね》を休《やす》ませなさい。

住友賞
中川 亜紀
新潟県 32歳 会社員

結婚生活に疲れ、離婚を考え、母へ手紙を書いたら、母からきた手紙の中にただ一行、
この文が書いてあり、他には何も書かれていませんでした。
それだけに母の優しさが伝わり泣いてしまいました。

「子から母へ」

せかいで一《いち》ばんかわいいのは、なおこです。
二《に》ばんめは、おかあさんです。

「母から子へ」

順番《じゅんばん》は下《さ》がってもいいから、
いつまでもかわいいと言《い》ってね♡

なおこは一さいのいもうとです

住友賞
都築　宗哉
福井県　6歳　小学校1年

「子から母へ」

「ぼくは、よし生《き》だよ。
しょうへい、ひろか、よし生《き》じゃないよ」。
おかあさん。

「母から子へ」

「ごめんごめん。名《な》まえがつながって出《で》てくるの。じゅく語《ご》のようなものネ！」

住友賞
中山 祥生
福井県 7歳 小学校2年

「子から母へ」

僕《ぼく》は、幸《しあわ》せだよ。
「お母《かあ》さんがこんなふうに生《う》んでごめんね」と
言《い》うのは、やめてね。

「母から子へ」

障害《しょうがい》があっても、
それを受《う》けとめて前向《まえむ》きに、
素直《すなお》に育《そだ》ってくれて、母《はは》は救《すく》われます。

住友賞
植出 良寛
福井県 14歳
養護学校中等部2年

僕は、生まれつき二分脊椎と言う障害があります。歩くのにクラッチで歩いていて体の神経が所々かんじない所があります。生まれてから3日しかもたないと言われたのに今、家族や友達としゃべったり遊んだりできることが一番幸せです。

「子から母へ」

お母《かあ》さんへ　なんか最近《さいきん》ヤセたよの。
悩《なや》み事《ごと》あんのなら相談《そうだん》のるよ？
どしたん？

「母から子へ」

娘《むすめ》へ　うん……実《じつ》はの……
あんたが悩《なや》みの種《たね》なのよ。

住友賞
中島　桜里
福井県　17歳　高校3年

ある日の私と母の会話です。「いつもつかれてる顔してるな」と思ってなにげなく聞いてみたら原因は私でした。心配かけてるつもりがなかったのでおどろきました。一番印象にのこってた事なので書いてみました。

「子から母へ」

わが家《や》の大事《だいじ》な箱入《はこい》り娘《むすめ》も
疲《つか》れ果《は》てて家《いえ》まで帰《かえ》れないので
急《いそ》いで迎《むか》えにきて

「母から子へ」

母《はは》は箱入《はこい》りの上《うえ》
箪笥《たんす》にも入《はい》っているので
時間《じかん》が掛《か》かるのである

住友賞

鈴木　美由記
愛知県　22歳　大学生

学校の帰りに電車の中で母に駅まで迎えにきてもらうための携帯のメールでのやりとりしている中の一つである。「娘」だと迎えにきてくれないので「箱入り娘」とすればきてくれると思ったら、母は私よりもはるか上にいるのである。だからメールでは負けてしまうが、いつも母は私より先に迎えにきてくれているのである。

「子から母へ」

お誕生日《たんじょうび》おめでとう！
今日《きょう》で五十七歳《ごじゅうななさい》ですね
これからもお元気《げんき》で！

「母から子へ」

お手紙《てがみ》どうもありがとう。
母《かあ》さんも、先週《せんしゅう》でとうとう
五十八《ごじゅうはち》になりました。

住友賞
崎 陽子
大阪府 17歳 高校3年

アメリカに留学中の娘が誕生日を迎える母にあてたバースデーカード。
しかし、時差やエアメールだった為、届くのが遅れてしまったあげく数え間違えて、
一歳若くなっている母。何とも複雑な気持ちの母が娘に送った返事。

「子から母へ」

どうしよう、何《なに》をしても身長《しんちょう》が止《と》まれへん!!
どうやったら止《と》まるんやろ?

「母から子へ」

大丈夫《だいじょうぶ》。あんたは母《はは》の子《こ》やから、もうすぐ縦《たて》じゃなくて横《よこ》に伸《の》びるで。

住友賞
佐々木 貴子
大阪府 18歳 高校3年

私は小さい頃から背が高く、中学生の時には165あり、それがコンプレックスとなっていて、ブラックコーヒーを飲んだら止まると聞けば、一日二・三杯飲み、「寝る子は育つ」ということわざがあるので、夜遅くまで起きたりと努力したけど、まだ育っている。母に言うと左の答えが返ってきた……。

「子から母へ」

お母《かあ》さん　だんだん耳《みみ》が遠《とお》くなったぶん
私《わたし》の顔《かお》がどんどん近《ちか》づきますね

「母から子へ」

私《わたし》も年《とし》とったけど　あんたもだね
近《ちか》くで話《はな》してくれるぶん
顔《かお》のしわを見《み》つけたよ

住友賞
一色　てつえ
岡山県

「子から母へ」

冬《ふゆ》、父《ちち》の靴《くつ》を毎朝《まいあさ》竈《かまど》の側《そば》で暖《あたた》めていたお母《かあ》さん、
それを愛《あい》と呼《よ》んでもいいですか。

「母から子へ」

それは当《あた》り前《まえ》の事《こと》。
私《わたし》は当《あた》り前《まえ》の事《こと》をしただけだよ。
お前《まえ》は変《へん》な子《こ》だね。

住友賞
バントック 京子
高知県 62歳 主婦

母の返事を見た私は、夫との違いの大きさに改めて驚いた。私の夫は、愛を言葉で日常的に表現するのを良しとする西洋文化の中で育った人である。一方母には勤勉を美徳とする日本文化が骨の髄までしみこんでいる。

「子から母へ」

「命《いのち》だけは、助《たす》けて下《くだ》さい。
私《わたし》が一生《いっしょう》母《はは》の眼《め》になります」。
と誓《ちか》ったのに私《わたし》はお嫁《よめ》に行《い》きます。

「母から子へ」

神様《かみさま》が、片方《かたほう》の眼《め》を残《のこ》してくれたのは、
貴女《あなた》の花嫁姿《はなよめすがた》を見《み》せるため。
母《かあ》さんは大丈夫《だいじょうぶ》。

住友賞
阿南　敏子
大分県　54歳　主婦

平成十五年八月三十一日、長女がお嫁に行きます。四年前、病気で命をおとす所、二人の娘の不眠不休の看病で助かりましたが、片方の眼を、失明しました。
嫁ぐ日を控えて娘が、私に、こう申しました。私は花嫁姿が見られるだけで幸せです。
母の事など、心配しないで、幸せになってほしい親心です。

「子から母へ」

僕《ぼく》に何《なに》もしゃべらないというけれど、
心《こころ》の中《なか》を見《み》せたら母《かあ》さん卒倒《そっとう》するぞ。

「母から子へ」

母《かあ》さんはむだに
年《とし》を取《と》ってる訳《わけ》じゃないよ。
君《きみ》一人《ひとり》ぐらい守《まも》れる自信《じしん》はある。

住友賞
鶴戸 大介
熊本県 14歳 中学校1年

中学校に入ってすぐ、上級生にいじめられていたようですが、何も自分から言わないので回りの御父母の方から聞いいて、初めて知ったので、ずい分と一人で悩んでいたようです。ストレスから病気になり、だいぶ通院しました。(母)

「子から母へ」

今《いま》までありがとう。これが言《い》いたかったんだ。

返信《へんしん》はいりません。では御達者《おたっしゃ》で。

「母から子へ」

ちょいとお待《ま》ちよドラ息子《むすこ》。
私《わたし》を置《お》いて巣立《すだ》つ気《き》かい？
今《いま》までのツケ全《すべ》て払《はら》いや。

住友賞
原田 一平
熊本県 16歳 高校2年

「子から母へ」

私《わたし》、おやふこう者《もの》だった。

「母から子へ」

それを、ていねいに
そだてあげた私《わたし》が
バカ者《もの》だったんだよ。

住友賞
谷口　ひろこ
ブラジル　52歳

「子から母へ」

おにいちゃん、おにいちゃんっていわないで。
ぼく、ママのおにいちゃんじゃないよ。

「母から子へ」

ついついお兄《にい》ちゃんって呼《よ》んじゃうね。
でも頼《たよ》りにしているからだよ。
ゴメンね。

丸岡青年会議所賞
黒川　拓己
福井県　7歳　小学校1年

妹がいるので名前より「お兄ちゃん」と呼ぶことが多くなりがちです。でもやっぱり名前がいいよと教えてくれました。少し「お兄ちゃん」に甘えすぎてたみたいです。（母）

「子から母へ」

きょう、お母《かあ》さんをおんぶしたよ。
十歩《じゅっぽ》あるいた。
おもかったけどうれしかった。

「母から子へ」

小《ちい》さな背中《せなか》が、今《いま》にもつぶれそう。
真《ま》っ赤《か》な顔《かお》をしたあなたに拍手喝采《はくしゅかっさい》。

丸岡青年会議所賞

藤元　陸
福井県　7歳　小学校2年

子供が、「お母さんをおんぶできるかどうかやってみる」と言い、私をおんぶしてくれた。おんぶできる程成長した子にとてもうれしく感じた。（母）

「子から母へ」

おかあさんいつもいそがしそう。
でも、うんどう会《かい》はさいごまで見《み》てね。

「母から子へ」

手紙《てがみ》を読《よ》んでチラッと転職《てんしょく》考《かんが》えた。
運動会《うんどうかい》の日《ひ》は仕事《しごと》休《やす》むゾ。
何《なに》が何《なん》でも休《やす》むゾ。

丸岡青年会議所賞
岡　恵
福井県　7歳　小学校2年

子供が寝てから帰宅し、起きる前に仕事に行く日が続いた日、ランドセルの横にこの手紙が。（母）

「子から母へ」

このまえガラスわってごめんね。
やっといまあやまれるようになったよ。

「母から子へ」

この前《まえ》「ごめん」を強要《きょうよう》してごめんね、
私《わたし》も今《いま》、やっと君《きみ》に
あやまれるようになったよ。

丸岡青年会議所賞
土田 修也
福井県 9歳 小学校3年

親子ゲンカで子供がカッとなってガラスをけって割りました。意地を張って謝らない子供と反省させたい親（私）二人共時間が必要だったと思い返しています。（母）

「子から母へ」

ままへ♡☆✻⊛✿🍌🍊

ままてかわいいですね

さきもかわいいですかさきより🗻⊛✿♡☆🍊

「母から子へ」

さきちゃんへ。
さきはとてもかわいいよ。
それからありがとうっておもってるよ。

丸岡青年会議所賞
わたなべ　さき
福井県　6歳　幼保園

佳作

「母から子へ」

娘《むすめ》よ、家《いえ》の事情《じじょう》で何度《なんど》も転校《てんこう》したのに
一度《いちど》も愚痴《ぐち》を言《い》わず頑張《がんば》ったね。
ご免《めん》なさい。

「子から母へ」

私《わたし》のニックネーム有名《ゆうめい》だったの。
「うれしそうな転校生《てんこうせい》」よ。
だって楽《たの》しかったの。

瀬川　けいこ
岩手県　主婦　67歳

「子から母へ」

小《ちい》さいとき、手《て》を伸《の》ばせば
握《にぎ》ってくれるって知《し》ってたよ。
でも今《いま》はどうなのかなあ。

「母から子へ」

以前《いぜん》のように伸《の》ばしてごらん。
ちゃんと、握《にぎ》ってあげるから。

千葉　知香
宮城県　18歳　高校3年

「子から母へ」

もうすぐ夏休《なつやす》み、盆《ぼん》に帰《かえ》ります。
今年《ことし》も盆太鼓《ぼんだいこ》を叩《たた》くのが今《いま》から楽《たの》しみです。

「母から子へ」

通院中《つういんちゅう》です。今日《きょう》、先生《せんせい》に
「息子《むすこ》さんの帰省《きせい》が何《なに》よりの薬《くすり》です」
と言《い》われました。

山田　悦夫
秋田県　55歳　薬剤師

「子から母へ」

母《かあ》さんの目《め》に入《はい》るように、
いつもアピールしたよ。
兄弟《きょうだい》の多《おお》さが嫌《いや》だった。

「母から子へ」

あなたは一番《いちばん》、私《わたし》に良《よ》く似《に》ています。
母《かあ》さんは、もっと子供《こども》が欲《ほ》しかったのよ。(笑《わらい》)

川又 千紘
秋田県 25歳 事務員

「子から母へ」

おかあさんは、げんきですか。
おこらないでね。
だいすきだよ。りんより

「母から子へ」

きのうは、おこってごめんね。
でもおぼえておいて。
だいすきだから、おこるんだよ。

後藤　凜太郎
山形県　5歳　幼稚園

「子から母へ」

「お母《かあ》さん」一日《いちにち》に何回呼《なんかいよ》ぶだろう。
お母《かあ》さん、だって、お母《かあ》さんはお母《かあ》さんだから。

「母から子へ」

「晴《はる》ちゃんへ」
あなたはどんな時《とき》でも私《わたし》の心《こころ》の湯《ゆ》たんぽだよ。
これからもずっと……。

児玉　春枝
山形県　11歳　小学校6年

「子から母へ」

生涯現役《しょうがいげんえき》なんて意気込《いきご》まず、
果実《かじつ》が自然《しぜん》に落下《らっか》するような姿《すがた》見《み》せてね。母上《ははうえ》。

「母から子へ」

それでいいのかね。
ついお役《やく》に立《た》てることないかと
考《かんが》えてしまうんだよ。

鶴田 悟子
山形県 68歳 主婦

「子から母へ」

俊《とし》の言葉《ことば》、右《みぎ》から左《ひだり》へ聞《き》き流《なが》すと、
頭《あたま》にこないからやってごらんよ。

「母から子へ」

あなたはそうやって、
ママの小言《こごと》をかわしてきたから、
穏《おだ》やかに育《そだ》ったのね。

高井　彩乃
栃木県　16歳　高校2年

「子から母へ」
17になって判《わか》ったYO ママの気持《きも》ち
女《おんな》の幸《しあわ》せ見《み》つけなよ?
あたし味方《みかた》だから

「母から子へ」

離《はな》れても考《かんが》えるのは、お前《まえ》の事《こと》。

だって私《わたし》が産《う》んだのよ。

愛《あい》してるに決《き》まってる、戦友《せんゆう》。

北川 容子
栃木県 36歳 会社員

「子から母へ」

反対《はんたい》されていた

彼女《かのじょ》の実家《じっか》に来月《らいげつ》行《い》ってきます。

親父《おやじ》にはうまく伝《つた》えてくれ。

「母から子へ」

きちんと挨拶《あいさつ》してきて下《くだ》さい。

私達《わたしたち》とは一緒《いっしょ》に住《す》まなくてもかまわないから。

鈴木 昭

栃木県 42歳 会社役員

「子から母へ」

風呂場《ふろば》やトイレのドアを
いきなり開《あ》けるのはやめてくれ。
年頃《としごろ》なんだぞ。

「母から子へ」

散々《さんざん》お前《まえ》のおしめを取《と》り替《か》えてきたんだ。
いまさら恥《は》ずかしがってどうする。

細野 俊介
群馬県 13歳 中学2年

「子から母へ」

母《かあ》さん、そちらは住《す》みやすいですか。

おばあちゃんと、美味《おい》しい煙草《たばこ》呑《の》んでますか。


「母から子へ」

たかし、煙草《たばこ》は、止《や》めときな。

こっちに来《き》てから、ゆっくり呑《の》めばいい。

長生《ながい》きしろ。

片庭　宇史
群馬県　54歳　会社員

「子から母へ」

茶箱《ちゃばこ》の中《なか》のこの服《ふく》、本当《ほんとう》に母《かあ》さんのだったの？
私《わたし》にぴったり！ 今風《いまふう》だね。ちょうだい。

「母から子へ」

流行《りゅうこう》はくり返《かえ》すけど、身体《からだ》のサイズは戻《もど》らない。
その服《ふく》、私《わたし》の青春《せいしゅん》と一緒《いっしょ》にあげる！

佐々木 綾子
千葉県 14歳 中学校3年

「子から母へ」

絵《え》がうまかった。甘《あま》い物《もの》が好《す》きだった。

きれいな人《ひと》だった。オレと弟《おとうと》、母《かあ》さん似《に》だよ。

「母から子へ」

大《おお》きくなっただろうね。

元気《げんき》なの？　会《あ》いたい。二人《ふたり》に……。

大森　一馬
千葉県　16歳
養護学校高等部2年

「子から母へ」

毎日大変《まいにちたいへん》だろうから、

何《なに》か一《ひと》つくらい私《わたし》にグチ言《い》ってもいいよ。

「母から子へ」

えっ。何《なん》だろ。

そうねえ。

まあ、そのうち大人《おとな》になったらわかるわよ。

鈴木　なおみ
千葉県　高校3年

「子から母へ」

160㎝だと言《い》い張《は》るけれど、
絶対《ぜったい》に150㎝だよ。
私《わたし》より小《ちい》さな可愛《かわい》い母《かあ》さん。

「母から子へ」

絶対《ぜったい》160㎝なんだから。
あなたが大《おお》きいだけよ。
私《わたし》の知《し》らぬ間《あいだ》に大《おお》きくなったね。

郷保　絵美
千葉県　18歳　高校3年

「子から母へ」

母《かあ》さん、浪人《ろうにん》に大学六年《だいがくろくねん》、ごめんな。
富山《とやま》に出張《しゅっちょう》だ、浜焼鯖寿司《はまやきさばずし》買《か》って来《く》る。息子《むすこ》より

「母から子へ」

過《す》ぎたこと忘《わす》れたよ。
みやげもいいけど、嫁《よめ》さんつれて帰《かえ》れ。
もう三十《さんじゅう》だぞ。母《はは》より

岩藤　美保子
千葉県　59歳　主婦

「子から母へ」

自分《じぶん》の家《いえ》だと思《おも》って、来《き》てよ。
沢山《たくさん》のおみやげいらないよ。
私《わたし》の母《かあ》さんなんだから。

「母から子へ」

煮物《にもの》・漬物《つけもの》、サツマイモ、
あげたい物《もの》が多《おお》くてね。
まだ何《なに》か、忘《わす》れてる。

新井　栄子
千葉県　60歳　主婦

「子から母へ」

僕《ぼく》のことを今《いま》まで信《しん》じていてくれてありがとう。
こんなに嘘《うそ》ばかりついてるのに。

「母から子へ」

大《おお》きな嘘《うそ》も小《ちい》さな嘘《うそ》も
口《くち》から出《で》まかせだってわかってるから
信《しん》じられるのよ。

添田　大智
埼玉県　14歳　中学校2年

「子から母へ」

今《いま》かけてる迷惑《めいわく》、
老後《ろうご》に利子《りし》つきで返《かえ》してください。

「母から子へ」

老後《ろうご》からじゃ返《かえ》しきれないから、
今《いま》からじわじわ返《かえ》していくね。

奥墨　美香子
埼玉県　14歳　中学校3年

「子から母へ」

やった。
お母《かあ》さんより背《せ》が高《たか》くなった。
これで少《すこ》しは対等《たいとう》になれるかな。

「母から子へ」

やった。
娘《むすめ》より体重《たいじゅう》が軽《かる》くなった。
これでやっと対等《たいとう》になれたかな。

梅原　綾乃
埼玉県　15歳　中学校3年

「子から母へ」

ふわり、優《やさ》しい言葉《ことば》と、
ちくり、厳《きび》しい言葉《ことば》をくれるあなたは、
私《わたし》の憧《あこが》れの人《ひと》。

「母から子へ」

叱咤激励《しったげきれい》、さらりと流《なが》し、
肩《かた》を叩《たた》いて、ほろりとさせる……
そんな感《かん》じの娘《むすめ》です。

竹内　里栄
埼玉県　16歳　高校2年

「子から母へ」

うるさい。

そして、やきそばにキャベツを入《い》れるな。

でも、ありがとう。

「母から子へ」

ごめんね。野菜嫌《やさいぎら》いの君《きみ》の体《からだ》が心配《しんぱい》なのです。

キャベツが嫌《いや》ならレタスにするね。

桜田　大士
東京都　13歳

「子から母へ」

母《はは》に告《つ》ぐ、たまには少《すこ》し休《やす》みなさい。

自分《じぶん》の体《からだ》を大事《だいじ》にしなさい。

それからいつもありがとう。

「母から子へ」
娘《むすめ》に問《と》う　行動全《おこないすべ》て　まか不思議《ふしぎ》
体《からだ》も口《くち》も　早親《はやおや》を越《こ》し
甘《あま》える時《とき》だけ　幼子《おさなご》か

阿部　夕子
東京都　13歳　中学校

「子から母へ」

最近《さいきん》お母《かあ》さんのこと
きらいなんて言《い》っているけど
本当《ほんとう》は、大好《だいす》きなんだよ。

「母から子へ」

「大嫌《だいきら》い」なんて言《い》った後《あと》、
夕飯《ゆうはん》のおかず聞《き》かないで。

加瀬　いとこ
東京都　13歳　中学校

「子から母へ」

お母《かあ》さん、時間《じかん》をきちんと、守《まも》ってよ！
子供《こども》は、親《おや》の背中《せなか》を見《み》て育《そだ》つんだから！

「母から子へ」

かすみ、自分《じぶん》の事《こと》はしっかりやりなさい。
大人《おとな》になってもだらしないと困《こま》るよ。

藤井　かすみ
東京都　13歳　中学校2年

「子から母へ」

誰《だれ》と間違《まちが》えてるの？

仕事《しごと》の寝言《ねごと》増《ふ》えたんじゃない？

「母から子へ」

昨日《きのう》見《み》た夢《ゆめ》の中《なか》では

あなたが上司役《じょうしやく》だったのよ。

うなされるはず。

加藤 佑佳

東京都 15歳 中学校3年

「子から母へ」

時々《ときどき》見《み》つけて。家《いえ》の中《なか》に埋《う》めた、
宇宙《うちゅう》ぐらいの「ありがとう」
小石《こいし》ほどの「ごめん」を。

「母から子へ」

掃除機《そうじき》というブラックホール。
いつも拾《ひろ》い集《あつ》めてます。
しかし、うっかり紛失《ふんしつ》もあり。

鈴木　知世
東京都　15歳　中学校3年

「子から母へ」

冷《さ》めたごはん。
顔《かお》を見《み》ることはあまりない。
一人《ひとり》きりの夕飯《ゆうはん》は悲《かな》しすぎる。

「母から子へ」

そんな言葉《ことば》でもあなたの口《くち》から聞《き》いてみたい。
寝《ね》ているあなたしか知《し》らないから。

利部　あゆみ
東京都　15歳　中学校3年

「子から母へ」

いつも、私《わたし》がやるべき事《こと》も、
やってくれて、ありがとう。
これからは何《なん》でも言《い》ってね。

「母から子へ」

いいたいことが、ありすぎて、
ここではとても、いいきれません。

中村　明恵
東京都　15歳　高校1年

「子から母へ」

仏《ほとけ》の母《はは》と鬼《おに》の母《はは》。

どちらの母《はは》も、僕《ぼく》にとっては守《まも》り神《がみ》。

ありがとう！

「母から子へ」
君《きみ》がピンチの時《とき》、
母《かあ》さんは、君《きみ》の応援団長《おうえんだんちょう》になります。
いつでも君《きみ》を見《み》ているからね。

馬場　雄也
東京都　15歳　高校1年

「子から母へ」

私《わたし》が産《う》まれて16年《ねん》たちました。
そろそろ姉《あね》と名前《なまえ》を間違《まちが》えないで下《くだ》さい。

「母から子へ」

もうあきらめなさい。
私《わたし》の母《はは》もそうだったのだから。

岸上　すみれ
東京都　15歳　高校1年

「子から母へ」

気《き》づいてた？
私《わたし》は玄関《げんかん》からビニール袋《ぶくろ》の音《おと》がするのを合図《あいず》に
机《つくえ》に向《む》かうんだよ。

「母から子へ」

知《し》ってるよ。あなたの机《つくえ》の上《うえ》の教科書《きょうかしょ》は
いつも同《おな》じページを開《ひら》いているんだ。

水谷　芽美
東京都　16歳　高校1年

「子から母へ」

テレビの通販《つうはん》、

やたらと衝動買《しょうどうが》いしない方《ほう》がいいと思《おも》います。

「母から子へ」

自分《じぶん》のお金《かね》で買《か》っているから、

迷惑《めいわく》はかけてないし、

これは私《わたし》の生《い》きがいです。

長谷川 聡

東京都 16歳 高校1年

「子から母へ」

頼《たよ》られる俺《おれ》と、頼《たよ》る俺《おれ》の2人《ふたり》がいることを忘《わす》れないで。母《かあ》さん長生《ながい》きして下《くだ》さい。

「母から子へ」

いつの間《ま》に、頼《たよ》られる母《はは》から頼《たよ》る母《はは》になってしまったのでしょうね。

鈴木 勇大
東京都 16歳 高校1年

「子から母へ」

このまえ、お父《とう》さんに後《うし》ろ姿《すがた》を

お母《かあ》さんと間違《まちが》えられたよ。

「母から子へ」

悪《わる》かったわね、おしりが大《おお》きくて。

4500gのあなたを産《う》めたのはこのおかげ。

板倉　真由美

東京都　18歳　高校3年

「子から母へ」

ママ、今度《こんど》は私《わたし》が
色《いろ》んな所《ところ》に旅行《りょこう》に連《つ》れて行《い》ってあげるね。
ドコ行《い》きたい？

「母から子へ」

ありがとう。
でも、今日《きょう》は久《ひさ》しぶりに、
一緒《いっしょ》にお風呂《ふろ》に入《はい》りたいな。

桜木 葉子
東京都 18歳 高校3年

「子から母へ」

おれ、頭悪《あたまわる》いから苦労《くろう》してるぜ。
もっと利口《りこう》な奴《やつ》に産《う》んで欲《ほ》しかったよ。

「母から子へ」

お前《まえ》には丈夫《じょうぶ》な体《からだ》を授《さず》けた。
頭《あたま》が悪《わる》けりゃ体《からだ》を使《つか》って一番《いちばん》になれ。

山本　達也
東京都　20歳　学生

「子から母へ」

彼《かれ》が「うまい!!」と言《い》ってくれるぬか漬《づ》けは、

母《はは》の味《あじ》？　私《わたし》の味《あじ》？

「母から子へ」

もちろんあなたの味《あじ》よ。

愛《あい》もいっしょに漬《つ》かっているんだもの。

下茂　孝代
東京都　32歳　主婦

「子から母へ」
お母《かあ》さん！ 何万回《なんまんかい》も呼《よ》びました。
たった一度《いちど》の返事《へんじ》を待《ま》って、19才《じゅうく》の春《はる》に。

「母から子へ」
初《はじ》めて会《あ》ったお嬢《じょう》さん、
ごめんね娘《むすめ》と呼《よ》べなくて。
生《う》みたくなかった娘《むすめ》ゆえ。

榎並 由利子
東京都 56歳 自営業

「子から母へ」

「会《あ》える日《ひ》を楽《たの》しみにしています。

お互《たが》いに名札《なふだ》を付《つ》けていきましょう」


「母から子へ」

「私《わたし》より年《とし》をとってしまったね。

孫《まご》も曾孫《ひまご》もいるんだね。よかったー」

佐々木 隼子
東京都 59歳 主婦

「子から母へ」

若《わか》くして逝《い》った母《かあ》さん。

傘寿《さんじゅ》を迎《むか》えた父《とう》さんが逢《あ》いにいったけど、

あえた？　わかった？

「母から子へ」

父《とう》さんが見《み》つけてくれて、

「君《きみ》は齢《とし》をとらないんだね。」と、

とっても嬉《うれ》しそうでしたよ。

富田　美香恵
神奈川県　54歳　会社員

「子から母へ」

梅干《うめぼ》しを初《はじ》めて漬《つ》けたよ。送《おく》ります。
姑《しゅうとめ》の味《あじ》には遠《とお》いけど、頑張《がんば》っているからね。

「母から子へ」

お見事《みごと》。おばあちゃんに届《とど》けるね。
施設《しせつ》で自慢《じまん》する顔《かお》が目《め》に見《み》えるありがと。

及川　廣子
神奈川県　56歳　公務員

「子から母へ」

お母《かあ》ちゃん、
私《わたし》と志央里《しおり》とお姉《ねえ》ちゃんのイメージって
何《なん》だと思《おも》う。

「母から子へ」

そうだなぁ、
姉《ねえ》ちゃんはチェックで志央里《しおり》はボーダー、
百合香《ゆりか》は花柄《はながら》かやぁ。

並木　百合香
新潟県　18歳　高校3年

「子から母へ」

「兄《にい》ちゃん」って呼《よ》ぶの止《や》めてくれよ。
昨日《きのう》で六十七《ろくじゅうなな》になったんだから。

「母から子へ」

親《おや》が子《こ》どもに「おじいちゃん」なんて
呼《よ》べないよ。
孫《まご》でもあるまいし。

小林　義之
新潟県　67歳

「子から母へ」

お母《かあ》さんが作《つく》った折《お》り紙《がみ》の金魚《きんぎょ》、
私《わたし》の車《くるま》で元気《げんき》に泳《およ》いでいるよ。
リハビリ頑張《がんば》って。

「母から子へ」

リハビリの先生《せんせい》にほめられたよ。
友《とも》ちゃん、今度《こんど》はいつ来《き》てくれる？

百瀬　友江
富山県　50歳　短大通信教育部

「子から母へ」

母《かあ》さんの唾《つば》で傷《きず》を治《なお》した左足《ひだりあし》、
義足《ぎそく》になってごめん。
でも弱《よわ》さから沢山《たくさん》学《まな》べます。

「母から子へ」

お前《まえ》の心《こころ》の痛《いた》みが私《わたし》の膝《ひざ》に来《き》たらしい。
でもそれが嬉《うれ》しい。お前《まえ》と一緒《いっしょ》に居《い》るから。

宗田 徹也
富山県 56歳 建築板金業

「子から母へ」

ねえ、笑《わら》ってないで答《こた》えてよ。
お兄《にい》ちゃんとぼくのどっちが好《す》き？

「母から子へ」

定規《じょうぎ》も計《はか》りもないけれど、
好《す》きの大《おお》きさいっしょなの。見《み》たい？

小田村 修平
福井県 8歳 小学校2年

「子から母へ」

おかあさんいつもぼくたちの、
おせわをしてくださいまして
ありがとうございます。

「母から子へ」

おせわをしてくださいましてなんて
ちょっと照《て》れるなあ。
だって母親《ははおや》だもの。

木戸　慎太郎
福井県　8歳　小学校3年

「子から母へ」

お母《かあ》さん。わたしがおなかの中《なか》にいたときは、
どんな気《き》持《も》ちでいたの？

「母から子へ」

ワクワクドキドキとハラハラドキドキが
おなかといっしょにふくらんでったよ

田谷 彩
福井県 12歳 中学校1年

「子から母へ」

教《おし》えてくれてありがとう。
一番大切《いちばんたいせつ》な存在《そんざい》の人《ひと》を。
いなくなってからやっと気《き》づいたよ。

「母から子へ」

気《き》づいてくれてありがとね。
そしてだれかに教《おし》えてあげてね。

寺本　ひとみ
福井県　14歳　中学校3年

「子から母へ」

体操服《たいそうふく》持《も》ってくるの忘《わす》れたで、
一生《いっしょう》のお願《ねが》いやで持《も》ってきてや。

「母から子へ」

あんたの一生《いっしょう》は何回《なんかい》あるんですか。
はいはい、いつまでに必要《ひつよう》なの？

林 信実
福井県 18歳 高校3年

「子から母へ」

書《か》けねーよ。マスが足《た》りねーよ。

書《か》きたいことは色々《いろいろ》あんだけど。

「母から子へ」

そりゃそーさ。

だって18年《ねん》も、正《ただ》しくは18年《ねん》と10ヶ月《かげつ》も

一緒《いっしょ》にいるんだから。

渡邊 博

福井県 18歳 高校

「子から母へ」

いっつもガミガミ口《くち》うるさい。
私《わたし》もそんなふうになるのかなぁ。

「母から子へ」

ムリでしょうねぇ。
こんなに優《やさ》しい朗《ほが》らかなお母《かあ》さんになるのは。

川﨑　真貴子
福井県　18歳　高校3年

「子から母へ」

親《おや》より先《さき》に死《し》ぬのは親不孝《おやふこう》ですが、

子供《こども》より先《さき》に死《し》ぬのは親失格《おやしっかく》ではないですか？

「母から子へ」

人生《じんせい》はできるなら順番《じゅんばん》にいくのが幸《しあわ》せ。

くそばばあと言《い》われるまで生《い》きてやる!!

池田　直美
福井県　43歳　団体職員

「子から母へ」

パパとママは、
デートして結婚《けっこん》して私《わたし》が産《う》まれたんだね。
それがルールだよね。

「母から子へ」

大丈夫《だいじょうぶ》、人生《じんせい》のルール守《まも》ってゆけるよ。
パパとママの宝物《たからもの》なんだから。

江元 敬子
長野県 35歳 主婦

「子から母へ」

手術《しゅじゅつ》を決意《けつい》。

両足《りょうあし》で歩《ある》けたらお母《かあ》さんに傘《かさ》待《も》たさない

そしたら母《かあ》さん濡《ぬ》れないね

「母から子へ」

今《いま》までよく頑張《がんば》ったね

少《すこ》し位《くらい》濡《ぬ》れたって

手術《しゅじゅつ》変《か》わってやれないんだもん

野中　のり子

山梨県　44歳　電話交換

「母から子へ」

アフリカでがんばっているのも良《よ》いけれど、
もう結婚《けっこん》の事《こと》も考《かんが》えなさい。

「子から母へ」

お母《かあ》さん、私《わたし》のことはあきらめて下《くだ》さい。

後藤　恵子
山梨県　57歳　主婦

「子から母へ」

ママありがとう

ぼくは　一人《ひとり》っ子《こ》でなくて　よかった

きれいな星《ほし》は　ママだね

「母から子へ」

元気《げんき》でね　なんでも覚《おぼ》えてね

悪《わる》い事《こと》は　しないで

お空《そら》で　ママが　見《み》てるよ

岩田　開
岐阜県　11歳　小学5年

「子から母へ」

姉《ねえ》さんでも弟《おとうと》でもなく、何《なん》で私《わたし》やったの？
いらへん子《こ》やったの？　私《わたし》は？　母《かあ》さん……。

「母から子へ」

二女《じじょ》のあんたが一番気《いちばんき》が強《つよ》かった。
この子《こ》なら大丈夫《だいじょうぶ》やと思《おも》った。
けど、ごめんなぁ。

馬田　信子
岐阜県　54歳　会社員

「子から母へ」

お母《かあ》さん、一目逢《ひとめあ》いたい、突然征《とつぜんた》ちます。

お父《とう》さんの病気《びょうき》が心配《しんぱい》。

はたちの人生有難《じんせいありがと》う。


「母から子へ」

面会出来《めんかいでき》ず残念《ざんねん》、逢《あ》いたい。

お父《とう》さんのことは心配《しんぱい》しないで。

「生命大切《いのちたいせつ》にするんだよ。」

三浦　登子郎
岐阜県　79歳　陶磁器輸出業

「子から母へ」

ガ島《とう》を転進《てんしん》してムンダ戦《せん》で負傷《ふしょう》した

今《いま》 マニラ陸軍病院《りくぐんびょういん》にいる 傷《きず》は浅《あさ》い御安心《ごあんしん》

「母から子へ」

お前《まえ》の写真《しゃしん》を抱《だ》いて寝《ね》ている

この辺《あたり》が痛《いた》いかこの辺《あたり》かと

写真《しゃしん》の頭《あたま》を撫《な》でている

堀 亀二

岐阜県 82歳

「子から母へ」

私《わたし》は　あなたのお顔《かお》を存《ぞん》じませんが
この白髪《しらが》の老女《ろうじょ》をご存《ぞん》じですか。

「母から子へ」

あなたが三才《さんさい》の時《とき》から六十八年間《ろくじゅうはちねんかん》
天国《てんごく》から見守《みまも》って来《き》ましたよ。

鶴田　温子
静岡県　71歳

「子から母へ」

私《わたし》の中《なか》の義母《ぎぼ》の「義《ぎ》」を吹《ふ》っ飛《と》ばした、
あの日《ひ》のビンタ。
痛《いた》かったけど、温《あたた》かかった。

「母から子へ」

初《はじ》めて、「お母《かあ》ちゃん」と呼《よ》んでくれた日《ひ》。
嬉《うれ》しくて、なかなか寝《ね》着《つ》けなかったよ。

長谷川　知子
愛知県　28歳　主婦

「子から母へ」

「定年《ていねん》」ご苦労様《くろうさま》。
これからは、うちの子《こ》の世話《せわ》、頼《たの》みます。
安心《あんしん》して勤《つと》めに出《で》れます。

「母から子へ」

さあ「定年《ていねん》」。これからが私《わたし》の人生《じんせい》。
遊《あそ》びと家事《かじ》と孫《まご》の世話《せわ》。
先《ま》ずは遊《あそ》びを最優先《さいゆうせん》。

井上 理恵子
愛知県 33歳 パート

「子から母へ」

母上様《ははうえさま》、お教《おし》え通《どお》り笑《わら》っています。
今日《きょう》も私《わたし》は幸《しあわ》せです。
ちなみに今日《きょう》は大笑三回《おおわらいさんかい》♡

「母から子へ」

母《はは》は小笑五回《こわらいごかい》です。
あなたのおかげで一回《いっかい》増《ふ》えた。
うれしいお手紙《てがみ》ありがとう。

小林　めぐみ
愛知県　39歳　主婦

「子から母へ」

一筆啓上《いっぴつけいじょう》、寝《ね》た子起《こお》こすな、目《め》を凝《こ》らせ、
深夜《しんや》バイトゆえ、早朝《そうちょう》モーニングコール厳禁《げんきん》。

「母から子へ」

便《たよ》りの無《な》いのは無事《ぶじ》な証拠《しょうこ》、
年賀《ねんが》の便《たよ》りを見《み》つけての奇行《きこう》と、
お笑《わら》い下《くだ》さいませ、母《はは》。

野田　充邦
愛知県　39歳　マッサージ師

「子から母へ」

生《い》きられなくてごめんなさい、お母《かあ》さん。
これからは、私《わたし》があなたを守《まも》ります。

「母から子へ」

私《わたし》も棺《ひつぎ》に入《はい》る、なんて取《と》り乱《みだ》してごめんなさい。
これからは、いつも一緒《いっしょ》よね。

山本　純士
愛知県　48歳　公立学校教員

「子から母へ」

六十路《むそじ》前《まえ》、器用《きよう》にこなすコンピューター。

そんな貴方《あなた》がちょっぴり自慢《じまん》です。

「母から子へ」

もうすぐ定年《ていねん》です。

メールより元気《げんき》な声《こえ》を聞《き》かせてね。

老眼鏡《ろうがんきょう》も疲《つか》れるのよ。

中村 正子
愛知県 58歳 看護師

「子から母へ」

ごめんなさい。請《こ》われるままに白髪《しらが》を抜《ぬ》いたこと。
あの時《とき》は、親孝行《おやこうこう》だと思《おも》っていた。

「母から子へ」

あんたはきれいな髪《かみ》やから、そのままがええ。
白髪《しらが》？　そんなんわからへん、わからへん。

若城　啓子
滋賀県　49歳　英会話講師

「子から母へ」

お母《かあ》さん、
ふと気《き》がつけば視線《しせん》を感《かん》じるんやけど。
行動《こうどう》しづらいねん！

「母から子へ」

しゃーないやん。
あんたが可愛《かわい》くてしょうがないんやから。

広江　美沙
京都府　18歳　専門学校

「子から母へ」

お母《かあ》ちゃん　腰《こし》がすごく曲《ま》がったね。
指《ゆび》の節々《ふしぶし》も腫《は》れて痛《いた》そうだよ。大丈夫《だいじょうぶ》？

「母から子へ」

なあに　この腰《こし》も指《ゆび》もあんた達《たち》を育《そだ》てた
勲章《くんしょう》だと思《おも》ってるよ。心地《ここち》よい痛《いた》みだよ。

奥村　博己
京都府　49歳　地方公務員

「子から母へ」

板《いた》チョコでなく極上品《ごくじょうひん》にすべきやった。
「チョコが食《た》べたい」が最期《さいご》の言葉《ことば》なら。

「母から子へ」

四十年近《よんじゅうねんちか》く前《まえ》の話《はなし》で時効《じこう》。
板《いた》チョコ、デラックスと書《か》いたったし
美味《おい》しかったよ。

安岡　義隆
京都府　65歳

「子から母へ」

旅行先《りょこうさき》から　戸締万全《とじまりばんぜん》　お座敷《ざしき》ほうきある
もううとうとしてる　いつも腹巻《はらまき》

「母から子へ」

戸締《とじ》まりしたか　棒《ぼう》あるか　寝《ね》たか
風邪引《かぜひ》かんように腹巻《はらまき》を

中村　みさ子
大阪府　50歳

「子から母へ」

犬《いぬ》には赤《あか》ちゃん言葉《ことば》、私《わたし》には巻《ま》き舌《じた》なんて、

一体《いったい》どうゆう差別《さべつ》ですか？

「母から子へ」

そんな事言《ことい》うんなら、

少《すこ》しでもお母《かあ》さんに誉《ほ》められる事《こと》をして下《くだ》さい。

西村　早智

兵庫県　17歳　高校2年

「子から母へ」

二人《ふたり》暮《ぐ》らしはじめました。
窓《まど》からは一望《いちぼう》の神戸《こうべ》の港《みなと》・街《まち》。
遊《あそ》びに来《き》てね。

「母から子へ」

親不孝者《おやふこうもの》！　いつも何《なん》でも事後報告《じごほうこく》……。
体《からだ》には気《き》をつけて。いつか行《い》くから……。

小谷　麻規子
兵庫県　35歳　会社員

「子から母へ」

お母《かあ》さん、ありがとう。
お母《かあ》さんが、私《わたし》を生《う》んでくれた年《とし》に、
私《わたし》は、医者《いしゃ》になります。

「母から子へ」

「ありがとう」は、魔法《まほう》の呪文《じゅもん》。
十年前《じゅうねんまえ》のこの一言《ひとこと》は、
私《わたし》を強《つよ》くも、もろくします。

上田 寿美
兵庫県 49歳 パート

「子から母へ」

水槽《すいそう》の中《なか》の金魚《きんぎょ》と小川《おがわ》のメダカ、
お母《かあ》さんはどっちの方《ほう》がしあわせだと思《おも》う?

「母から子へ」

メダカになりたいと言《い》うお前《まえ》を、
私《わたし》は親《おや》として喜《よろこ》ぶべきなんだろうなあ。

大林 佑生
奈良県 16歳 高校1年

「子から母へ」

母《かあ》さん、父《とう》さんの今際《いまわ》のきわの言葉《ことば》、
今《いま》だから言《い》います。
「お母《かあ》ちゃん」だったの。

「母から子へ」

「そうだったの、安心《あんしん》したよ。
ずっと気《き》になっていたんだよ。
でもどっちの母《かあ》ちゃんかな」

田畑 幸子
奈良県 61歳 主婦

「子から母へ」

送《おく》ってくれた荷物《にもつ》を開《あ》けたら少《すこ》し、
家《いえ》の匂《にお》いが入《はい》ってたよ。

「母から子へ」

元気《げんき》な顔《かお》を見《み》せてくれて嬉《うれ》しかったよ。
荷物《にもつ》は夜八時《よるはちじ》に着《つ》くから。
又明日《またあした》から頑張《がんば》ってね。

窪田 令子
島根県 55歳 看護師

「子から母へ」
私《わたし》の名前《なまえ》を呼《よ》ぶときに
姉弟《してい》の名前《なまえ》をごっちゃにして呼《よ》ぶのは
そろそろやめてね。

「母から子へ」
まだ朝《あさ》ごはんも食《た》べてないのに
今日《きょう》の晩《ばん》ごはんなあにって聞《き》かないでね。

松井　洋子
島根県　15歳　中学校3年

「子から母へ」

「お母《かあ》さん、苦労《くろう》かけたなあ。
苦労《くろう》したとも言《い》わずに
もくもくと育《そだ》ててくれたね。」

「母から子へ」

「うちは、子供《こども》に苦労《くろう》したことは、
一《いっ》ペンもねえ。」

前田　麗子
岡山県　54歳　パート

「子から母へ」

おふくろ、もうすぐ一周忌《いっしゅうき》だネ、
天国《てんごく》でオヤジと会《あ》えましたか。

「母から子へ」

〃にぎやか〃なのも良《い》いけど、
当分《とうぶん》、一人《ひとり》にしておいておくれヨ。

上中　道夫
広島県　56歳　会社員

「子から母へ」

北風《きたかぜ》と共《とも》に麻痺《まひ》した左手《ひだりて》は、
母《かあ》さんの毛糸《けいと》の手袋《てぶくろ》を恋《こい》しがる。
母《かあ》さん、何《なん》とかしてよ。

「母から子へ」

何《なに》を言《い》ってるの。
淑子《よしこ》さんがついてるじゃない。
天国《てんごく》には宅急便《たっきゅうびん》はないのよ。

池田 伸一
広島県 68才

「子から母へ」

背《せ》すじのばして スタコラサッサ。
八十二才《はちじゅうにさい》に見《み》えないよ
そんな母《かあ》さん私《わたし》の自慢《じまん》

「母から子へ」

お風呂《ふろ》で足《あし》もみ、出《で》てから体操《たいそう》。
努力《どりょく》してるの、みんなに迷惑掛《めいわくか》けないように

曽我部 朱美
愛媛県 53歳

「母から子へ」

ながいこと、かおをみんかったけど、

げんきやったか。

さみしいから、でんわしてくれ。

「子から母へ」

毎日来《まいにちき》てるやないの。

昨夜《さくや》やって、消灯《しょうとう》の時間《じかん》までおったやないか。

田中 彰
香川県 72歳

「子から母へ」

ごめんね、お母《かあ》さん。おふくろの味《あじ》、忘《わす》れそう。

毎日《まいにち》、食堂《しょくどう》の朝御飯《あさごはん》。

「母から子へ」

なに言《い》ってるの。

家《いえ》に帰《かえ》ってきたときは

昼《ひる》までずっと寝《ね》ているくせに。

松本 佑慈
福岡県 14歳 中学校2年

「子から母へ」
小《ちい》さい時《とき》、手《て》、足《あし》のマヒで
入院《にゅういん》をいっぱいしたけど、
元気《げんき》に育《そだ》ててくれてありがとう。

「母から子へ」
身体《からだ》は不自由《ふじゆう》だけれど
とても素直《すなお》でやさしい子《こ》に育《そだ》ってくれて、
こちらこそ、ありがとう。

辛島 剛
福岡県 17歳 養護学校3年

「子から母へ」

おおきくなったらいっぱいはたらいて
ほしいものなんでもかってあげるけね

「母から子へ」

ありがとう　いつもほんとうにありがとう
さくらがいてくれるからがんばるね

久保園　佳代
福岡県　35歳　デザイナー

「子から母へ」

母《かあ》ちゃん、まあ期待《きたい》しててくれ。
感謝《かんしゃ》の気持《きも》ちは利子付《りしつ》きで返《かえ》します。

「母から子へ」

幸《しあわ》せという利子《りし》を期待《きたい》してます。君自身《きみじしん》の。
笑顔《えがお》でいつもいたいものです。

山本　赳彰
熊本県　15歳　高校1年

「子から母へ」

「そっくり」とよく言《い》われる。
顔《かお》、そそっかしさ……
探《さが》してみるといっぱいあるよね。

「母から子へ」

「ドジだ。ドジだ」と怒鳴《どな》りつつ、
よくぞここまで似《に》てくれたと嘆《なげ》く母《はは》。

田上 真奈美
熊本県 15歳 高校1年

「子から母へ」

母《かあ》さんの労働費《ろうどうひ》、出世払《しゅっせばら》いするけん
そんなカリカリせんでまっといて。

「母から子へ」

母《かあ》さんの労働費《ろうどうひ》高《たか》かよ。愛情費《あいじょうひ》もね。
もっと稼《かせ》ごうかな、長生《ながい》きして待《ま》っとくね。

野田　健太郎
熊本県　16歳　高校2年

「子から母へ」

私《わたし》は一度《いちど》だけ聞《き》いたことがあるよ、

お父《とう》さんの、お母《かあ》さんの料理《りょうり》を誉《ほ》める言葉《ことば》。

「母から子へ」

空耳《そらみみ》じゃなかった?

明日《あした》は大雨《おおあめ》が降《ふ》るかもしれないね。

洗濯物《せんたくもの》が乾《かわ》かんね。

坂本　智子

熊本県　16歳　高校2年

「子から母へ」

思《おも》い出《だ》す。赤《あか》い自転車《じてんしゃ》、一緒《いっしょ》に通《かよ》った通園路《つうえんろ》。
あの頃《ころ》に戻《もど》りたいなあ、お母《かあ》さん。

「母から子へ」

花《はな》や小動物《しょうどうぶつ》に誘《さそ》われ、自転車《じてんしゃ》ルール違反《いはん》。
ごめんね。おまわりさん。二人《ふたり》の、秘《ひ》・密《みつ》。

平田　千恵
熊本県　16歳　高校2年

「子から母へ」

母《はは》よ。何回骨折《なんかいこっせつ》すれば気《き》がすむんだ。
入院《にゅういん》する度《たび》、人《ひと》に訳《わけ》を話《はな》すの、骨《ほね》が折《お》れるよ、
全《まった》く。

「母から子へ」

さぁね。骨《ほね》と皮《かわ》になり、骨《ほね》の髄《ずい》までしゃぶる、
骨《ほね》を惜《お》しむお前《まえ》が居《い》る限《かぎ》り、骨《ほね》を折《お》るよ。

佐藤　二士
熊本県　46歳　自由業・美容

「子から母へ」

「よいしょ」心《こころ》が痛《いた》いよ
でもお母《かあ》さんにかかえてもらうときが
一番安心《いちばんあんしん》

「母から子へ」

ほかの人《ひと》のできない、
いろんな経験《けいけん》をあなたのおかげで
できること幸《しあわ》せです。

河津　実幸
大分県　16歳
養護学校高等部２年

「子から母へ」

ほら母《かあ》さん　靴下片方《くつしたかたほう》しかはいてないよ。
今度《こんど》は、私《わたし》がはかせてあげる

「母から子へ」

子供《こども》がたくさんいると　嬉《うれ》しいね。
ありがとう。

森　のり
宮崎県　59歳

「子から母へ」

スキな人《ひと》ができたよ。
今度《こんど》お母《かあ》さんに会《あ》いたいんだって。

「母から子へ」

「ちょっと待《ま》って！」美容院《びよういん》に行《い》かなくちゃ。
好《す》きな食《た》べ物《もの》なぁに？　年上《としうえ》も好《この》みかしら。

石川　美佐枝
沖縄県　17歳　高校3年

「子から母へ」

病気《びょうき》でしょうがなかった。
でも、生《い》きててほしかった。お母《かあ》さん。

「母から子へ」

がんばって、がんばって、がんばって、
がんばって、がんばって。

鈴木　晶也
沖縄県　17歳　高校3年

「子から母へ」

長生《ながい》きしてほしいけど　あなたが死《し》んだら
随分肩《ずいぶんかた》の荷《に》がおりるだろうな　とも思《おも》う

「母から子へ」

あほ　いうな
楽《らく》に　なりたいのは　お母《かあ》さんだよ
まだまだ　心配《しんぱい》よ。

前田　真由美
アメリカ　45歳　弁護士

あとがき――新たな母の姿を求めて…

福井県丸岡町（現坂井市）が平成五年から十四年まで募集したのが一筆啓上賞、日本一短い手紙と言った方が通りが良いかもしれない。

「一筆啓上　火の用心　お仙泣かすな　馬肥やせ」のお仙が後の丸岡城主になることから、そのゆかりの地として誕生した一筆啓上賞。十年間で八十三万通の作品が寄せられました。喜怒哀楽に満ちた手紙はこれまでに多くのドラマを生み、いろいろなおもひでが育まれてきました。

十冊の単行本、文庫本英訳本を中心に、映画化、テレビドラマ、ドキュメンタリー、アニメーションなど、あらゆるジャンルでも物語が生まれました。最近では試験問題や、多くの教科書でも取り上げられ十年間で確実にひとつの文化になりました。

平成十五年、新たなこれからの十年。これまでの一筆啓上賞を未完と感じ、往復にして完結させることにしました。「日本一短い手紙」から「日本一小さな物語」へ、丸岡町は心のこもった町づくりをこれからも進め、手紙文化から手紙文学を目指します。

手紙ということで、日本郵政公社（現　郵便事業株式会社）の皆様には後援いただきました。文化から文学へということで、文化庁の皆様には後援いただきました。住友政友（住友家家祖）が越前丸岡に天正十三年（一五八五）に生まれたというご縁で、住友グループ広報委員会の皆様には特別後援いただきました。ありがとうございました。

この増補改訂版発刊にあたり、丸岡町出身の山本時男さんがオーナーである株式会社中央経済社の皆様には、大きなご支援をいただきました。ありがとうございました。

最後になりましたが、西予市とのコラボが成功し、今回もその一部について関係者の方にご協力いただいたことに感謝します。

二〇一〇年四月吉日

編集局長　大廻　政成

日本一小さな物語　母との往復書簡　新一筆啓上賞〈増補改訂版〉

二〇一〇年六月一日　初版第一刷発行

編集者――水崎亮博
発行者――山本時男
発行所――株式会社中央経済社
〒一〇一－〇〇五一
東京都千代田区神田神保町一－三一－二
電話〇三－三二九三－三三七一（編集部）
〇三－三二九三－三三八一（営業部）
http://www.chuokeizai.co.jp/
振替口座　00100-8-8432
印刷・製本――株式会社　大藤社
編集協力――辻新明美

ISBN978-4-502-43000-8　C0095